AF595278

LES MALHEURS DE L'IMPENITENCE

OU

SERMON

SUR LES PAROLES DU I. CHAP. DU LIVRE

DES PROVERBES

Aux Vers. 24, 25, 26, 27, 28.

Prononcé à Charenton le 28. Decembre 167 jour de jeûne.

Par PIERRE ALLIX

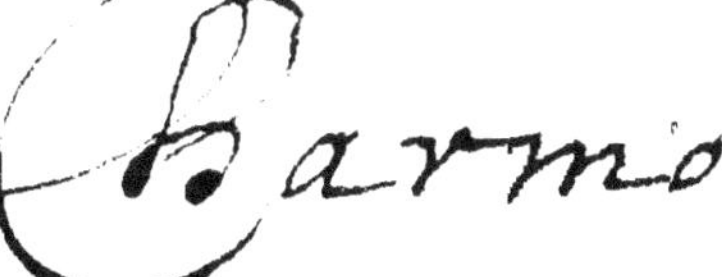

Se vendent
A CHARENTON,
Chez OLIVIER DE VARENNES, demeurant Palais dans la Salle Royale, au Vase d'or.

M. DC. LXXVI.

NOus ſous-ſignez avons leu un Sermon de Monſieur Allix ſur quelques Verſets du premier Chapitre des Proverbes, dans lequel nous n'avons rien trouvé qui ne ſoit conforme à noſtre Doctrine. A Charenton le 25. de May 1676.

DE L'ANGLE
Miniſtre.

D'AILLE'
Miniſtre.

SERMON
SUR LES PAROLES DU LIVRE DES PROVERBES DE SALOMON

Au Chapitre 1. ℣. 24. 25. 26. 27. 28.

Parce que j'ay crié, & que vous avez refusé d'oüir, que j'ay étendu ma main, & qu'il n'y a eu personne qui y prist garde, & que vous avez rebuté tout mon conseil, & n'avez point eu à gré que je vous redarguasse, aussi me riray-je de vostre calamité, je me mocqueray quant vostre effroy surviendra, quand vostre effroy surviendra comme une ruine, & que vostre calamité aviendra comme un tourbillon, quand la detresse &

l'angoiſſe viendront ſur vous : Alors on criera apres moy , mais je ne répondray point ; on me cherchera de grand matin, mais on ne me trouvera point.

LA cenſure & la verité attirent ſi ordinairement la haine, qu'on ne peut guere avertir une perſonne de ſes defauts ſans exciter ſon indignation & ſans l'offenſer rudement. Non ſeulement Achab avoit de
1 Sam. 22. l'averſion pour le Prophete Michée, *Ie le hais*, diſoit-il, *car il ne prophetiſe que du mal, lors qu'il s'agit de moy* ; mais ſaint Paul luy-meſme craignoit cet injuſte reſſentiment de la part de ſes propres diſciples, de ceux-mêmes qui l'avoient receu comme un Ange de
Galat. 4. Dieu, *Suis je devenu voſtre ennemy*, diſoit-il aux Galates, *en vous diſant la verité?* Si nous ne conſultions donc aujourd'huy que la chair & le ſang, ſans doute nous prendrions bien plûtôt le party du ſilence, que de nous expoſer à attirer peut-eſtre vôtre averſion, en vous reprochant vos pechez, & en vous dénonçant les jugemens de Dieu contre l'impenitence, comme nous y ſommes particulierement appelez. Mais à Dieu ne plaiſe que nous nous conduiſions ſelon les maximes de la prudence humaine, auſquelles nous avons renoncé il y a long-temps, pour ne ſuivre que celles de la

veritable charité qui doit animer les Miniſtres de l'Evangile. Ainſi, mes Freres, ſans craindre le mauvais ſuccez que pourroit avoir la ſeverité de noſtre miniſtere au milieu de vous pour ce qui nous regarde, nous nous preparons à élever fortement noſtre voix, pour vous declarer vos pechez, & pour vous en faire voir les ſuites funeſtes. Pour vous, afin de tirer quelque fruit d'un diſcours que l'intereſt que nous prenons en vôtre ſalut doit rendre plus auſtere & plus vif, faites reflexion ſur ces trois veritez, qui vous le feront ſupporter aiſément. L'une eſt que ſelon le jugement du Sage, *la correction ouverte vaut mieux que l'amitié cachée.* L'autre, que Dieu ayant voulu employer à la gueriſon des ames, non des Anges, mais des hommes pecheurs, vous ne devez pas rejetter nos reprehenſions, ſous ombre que nous ſentons, & que vous remarquez peut-eſtre encore en nous quelques-uns des meſmes defauts qui vous font rougir. La derniere eſt qu'il y va également de vôtre ſalut & du nôtre, que nous tâchions de ſauver vos ames par la frayeur de Dieu; *Fils de l'homme*, nous a dit le Seigneur, *je t'ay étably pour guette ſur la maiſon d'Iſraël. Tu écouteras donc les paroles de ma bouche, & tu les avertiras de ma part: Quand j'auray dit au méchant, Tu mourras, & que tu ne luy auras point parlé, pour l'aver-*

Prover. 27.

Ezech. 33.

tir qu'il se retire de son train, il mourra en son iniquité; mais je redemanderay son ame de ta main: Que si tu avertis le méchant, sans qu'il se détourne de son train, il mourra en son iniquité; mais toy tu auras délivré ton ame. Que l'obligation où nous sommes de vous parler est grande! Que l'obligation où vous estes de nous écouter est forte! Vous le voyez, quand même nous ne penserions tirer aucun fruit de nos remontrances, nous sommes contraints de vous les adresser; comme des sources publiques nous devons répandre nos ruisseaux, quand même nul n'y viendroit éteindre sa soif. Mais nous esperons qu'en nous acquittant de nôtre devoir, vous vous acquiterez aussi du vôtre, & que la parole que nous vous portons au nom de l'Eternel deviendra nôtre gloire & nôtre consolation estant receuë dans vos cœurs avec obeïssance. Et certes si le demon, aprés le témoignage que Dieu avoit rendu à la pieté de Job, ne laissa pas d'esperer que par des tentations redoublées il luy pourroit ravir la gloire de son innocence, pourquoy n'espererions-nous pas de voir vôtre conversion, aprés les diverses remontrances qui vous ont tant de fois esté reïterées de la part de Dieu, & aprés tant de menaces qu'il vous fait de vous faire enfin éprouver la rigueur de ses jugemens? Seroit-il dit que l'ennemy de vostre salut dût esperer un plus grand effet de ses artifices pour vous engager dans l'impenitence, que les serviteurs de Dieu ne s'en pourroient promette des puissans motifs qu'ils employent pour vous porter au devoir d'une veritable conversion? C'est dans cette veuë & dans cette esperance que suivant le dessein de la Sagesse Eternelle qui faisoit parler Salomon, nous avons resolu de vous mettre devant les yeux ces trois grands objets, si capables de faire une vive & profonde impression sur vos cœurs. Le premier est la conduite de la misericorde de Dieu envers les pecheurs qui s'engagent dans les habitudes du peché; Dieu crie; Dieu étend les mains; Dieu donne conseil aux pecheurs, & les reprend avec un soin extréme. Le second est l'horreur de l'impenitence qui rend inutiles ces actes de la misericorde de Dieu. Le dernier est la rigueur inexorable de Dieu, lequel à son tour rend inutiles les recherches & les prieres des pecheurs, lors qu'il les livre à sa vengeance éternelle pour les punir comme ils l'ont justement merité. Ecoûtez-nous avec une attention religieuse, & Dieu veüille que ces reflexions produisent dans vos cœurs une sincere componction, une douleur si penetrante, une frayeur si grande & si salutaire que Dieu fléchy, par les marques de nôtre humiliation solemnelle & de nôtre retour à luy soit porté à rendre & la paix à son Eglise, & la conſolation & la joye à nos cœurs.

Malac. 1. *Je vous ay aimez*, a dit l'Eternel aux pecheurs, & ils luy ont dit, *En quoy donc nous as tu aimez?* O aveugle fureur! car au fond je ne ſay ſi Dieu a autant aimé l'homme durant ſon innocence, qu'il l'a aimé depuis qu'il eſt devenu criminel. Que faites-vous pecheurs en pechant? Un eſprit de revolte & de rebellion vous anime contre celuy qui vous a formez; vous foulez aux pieds les Loix de vôtre Souverain; vous prenez le party du demon contre Dieu. Que penſez-vous meriter par ces crimes acumulez? La terre n'a point aſſez de geſnes, le Ciel n'a point aſſez de foudres, l'Enfer n'a point aſſez de feux, pour vous punir autant que vous le meritez. Et cependant Dieu ne peut conſentir à vôtre perte entiere. Le peril où il voit tomber ſes enfans par leur rebellion eſt capable de le toucher & de le faire ſortir du ſilence. Il vous appelle d'ordinaire par les exemples des gens de bien, dont la pieté condamne vos deſordres & vos dereglemens. Cette voix ſe trouve trop foible; il ne vous appelle donc pas ſeulement, mais il crie. Le demon vous endort, pour vous precipiter dans un abyſme de malheurs, aprés que vous vous ſerez abandonnez à ſa conduite; il vous fait entrer dans la foule des vicieux pour autoriſer vôtre licence & ſoûtenir vos pechez, par les exemples du monde, par ſes coûtumes & par ſes maximes. Mais comme Dieu ne veut pas que vous periſſiez avec le monde, il s'efforce de vous guerir de l'erreur qui vous a ſurpris. Il éleve donc les tons de ſa voix ; il vous crie par la bouche de ſes Miniſtres, Ouvrez les yeux miſerables que vôtre ennemy a ſéduits ; pourquoy ſuivez-vous la foule pour mal faire, pourquoy vous laiſſez vous aller au panchant de vos convoitiſes ? ſi vous vivez ſelon la chair ; ſi vous ſuivez les inclinations de vôtre naturel corrompu ; ſi vous imitez les pechez du ſiecle, pouvez-vous éviter la mort ? Que cette voix de Dieu nous marque de tendreſſe & d'amour ! En pechant nous tâchons de mettre un abyſme entre Dieu & nous, afin de n'eſtre point troublez par la ſeverité de ſa Loy ni par la voix de ſes menaces ; Et Dieu fait paſſer la voix tonnante de ſes menaces & de ſes remontrances au travers de l'abyſme que nous avons creuſé, afin que cette voix nous ramene de nôtre égarement & nous faſſe quitter l'attachement mal-heureux, que nous avons à nos paſſions criminelles.

Rom. 8.

Le ſecond acte de la miſericorde de Dieu envers les pecheurs conſiſte en ce qu'il étend ſa main vers eux pour rappeller de leur éloignement par cette maniere tendre, & par ce ſenſible caractere de bonté, ceux qui ſemblent auſſi inſenſibles à ſa voix que ſi elle ne pouvoit plus arriver juſqu'à eux. Ne diriez-vous pas, Chrétiens, que Salomon faiſoit allusion à la Croix du Sauveur, où en effet la Sageſſe Eternelle a les mains étenduës, & où elle preſente au pecheur le ſpectacle du monde le plus vif & le plus touchant? Et certes c'eſt là que JESUS CHRIST exhorte le pecheur d'avoir compaſſion de luy-meſme, pour ne ſe perdre pas une ſeconde fois. C'eſt de là qu'il luy offre tout ce que le Ciel a de graces & tout ce qu'il peut donner de benedictions. C'eſt de là ſur tout, comme d'un lieu plus expoſé en veuë, qu'il étale à nos yeux & l'horreur des peines que le peché merite, & l'amour infinie que Dieu a euë pour les hommes pecheurs: deux objets qui doivent agir ſur nos cœurs avec une efficace divine, au moins ſi nos cœurs ſont encore ſuſceptibles de quelque impreſſion. N'excluons pas pourtant par cette idée de la Croix du Seigneur l'idée des benedictions qui découlent des mains de Dieu, ni celle des châtimens dont il viſite les pecheurs en étendant ſes mains ſur eux pour les humilier. Oüy, Chrétiens, Dieu tout irrité qu'il eſt par vos deſordres ne laiſſe pas de vous conſerver ſes benedictions temporelles, quoy que de droit elles ne ſoient deuës qu'à la pieté. Il vous accorde, la ſanté, l'abondance, les influences du Ciel, la lumiere des Aſtres, l'air que vous reſpirez, les plantes, les fruits & les animaux, & tous ces biens differens que la terre & la mer vous fourniſſent beaucoup au de là de la neceſſité. Si tout cela ne ſert qu'à vous endormir & à vous faciliter l'accompliſſement de vos méchans deſirs, il étend ſa main ſur vous d'une autre maniere : Il fait tomber ſes châtimens ſur vous, il vous envoye l'adverſité, la maladie, l'embarras des affaires ; il vous frappe dans vos familles ; il vous frappe en vos propres perſonnes, pour faire plus d'impreſſion par ſes coups. Et ne ſavez-vous pas, vous que la tribulation a fait r'entrer en vous-mêmes, vous dont elle a briſé le cœur, combien la main de Dieu étenduë de cette maniere ſur les pecheurs, peut contribuer à leur ſalut & à leur gueriſon ?

Vous jugez bien, mes Freres, que lors que les pecheurs s'affermiſſent dans leurs habitudes méchantes, & qu'ils ont rendu inutile cette diſpenſation de la benignité de Dieu qui les convie à la repentance, ils ne meritent plus que d'éprouver la rigueur de la plus redoutable vengeance de Dieu. Mais apprenons icy que le treſor de la miſericorde eſt infiniment plus riche & plus profond que nous ne l'oſions concevoir. A ſa parole éclatante, à ſes mains qu'il étend ſur les pecheurs en benedictions & en châtimens, Dieu joint enco-

re un troisiéme témoignage de sa bonté : *Il leur donne encore conseil & les reprend* par le ministere de leur conscience, dont ils ne peuvent justement rejetter la censure, les remors & la voix ; C'est-à-dire qu'il se laisse le droit de leur adresser de tems en tems des inspirations salutaires qui les portent à se convertir. Parmy les vices où ils sont plongez, Dieu leur conserve encore quelques étincelles de conscience, quelques semences de pieté capables de les relever de leurs chûtes s'ils
Ps. 139. avoient le soin d'en profiter. *Où iray-je arriere de ton Esprit*, disoit David à l'égard de la connoissance infinie & de l'immensité de Dieu, *si j'entre dans les abysmes, t'y voilà*. On peut dire avec le Prophete, mais dans un autre sens que Dieu se trouve dans le cœur des pecheurs pour les conseiller, pour les faire quelquefois reflechir sur la misere de leur condition dans le vice. C'est luy qui leur suggere ces desirs pour la sainteté, dont ils ne peuvent pourtant supporter la severité & la rigueur. C'est luy qui fait que la condition des fideles leur paroist quelquefois assez digne d'envie : Foibles secours à la verité si on les compare avec les precedens, mais tels aprés tout que le Sauveur nous en represente le succez heureux dans l'histoire de l'enfant prodigue que Dieu ramena à son devoir par ses suggestions & par ces mouvemens de son

cœur. Une inspiration de cette nature fait en luy ce que la calamité n'avoit pû produire : *Ie retourneray à mon Pere*, disoit-il, *& je luy diray, mon Pere j'ay peché contre le Ciel & contre toy, je ne suis plus digne d'estre appellé ton fils : Fais-moy comme à l'un de tes mercenaires.* O misericorde infinie que tu és admirable dans tes voyes ! que tu és riche & puissante en moyens pour nous procurer le salut ! Mais helas ! ô prodige, le Sage nous l'apprend, & nous ne l'éprouvons que trop ; cette bonté de Dieu ne sert d'ordinaire qu'à augmenter l'horreur de l'impenitence des hommes, & qu'à les affermir dans leur rebellion. Luc 15

I'ay crié, dit la Sapience Eternelle, *& vous avez refusé d'oüir, j'ay étendu ma main, & il n'y a eu personne qui y prist garde, vous avez rebuté tout mon conseil, & n'avez pas trouvé bon que je vous reprisse.* Dieu marque bien expressement qu'il a fait trois biens aux pecheurs, & il accuse les pecheurs d'avoir fait trois maux contre lui. Premierement *Dieu a crié*, mais les pecheurs ont refusé d'oüir. On vient dans les Temples où la voix de Dieu raisonne hautement ; on est instruit de ses loix & de sa volonté, & on les neglige : car au style de l'Ecriture, refuser d'oüir la voix de Dieu, c'est luy refuser son obeïssance. On connoît la Loy & on la foule aux pieds ; Eve écoute la voix de Dieu, & elle obeït au demon. Pecheurs vous ne pouvez alleguer l'ignorance de vôtre devoir pour une legitime excuse. Vous savez que *Dieu veut vôtre sanctification*, c'est la doctrine constante de l'Esprit de Dieu. Peut-on aprés cette lumiere ou pretendre cause d'ignorance de cette verité, ou même, ce qui seroit plus impie, faire partager à Dieu les crimes & la corruption des hommes, comme font ceux qui introduisent dans le monde un aveugle destin? Vous ne pouvez aprés cela raisonnablement nous dire, le demon m'a vaincu. Quelque puissant que soit cet ennemy, il est foible, puisqu'il ne peut vaincre que celuy qui veut estre vaincu. Le demon ne peut nous contraindre de pecher, il ne nous nuit qu'en nous persuadant de pecher. Il n'extorque pas nôtre consentement, mais il nous le demande. Il peut bien nous suggerer le mal, mais il ne fait nulle violence à nôtre volonté par ses suggestions. Que peut dire aprés cela un pecheur? Dieu nous l'insinuë en ce terme, *Il n'y a personne qui prenne garde*; C'est la coutume, disent hardiment les pecheurs, le monde vit ainsi; il faut bien s'y accommoder & suivre ses maximes. Mal-heureux, faites ceder la coutume du monde à l'autorité de Dieu, & les maximes du siecle & de l'Enfer à celles que le Ciel nous prescrit. Que la raison

1. Thess. 4.

& l'interest de vôtre ame l'emportent sur un usage vicieux. On a esté en possession avant vous de negliger la voix de Dieu ; cela vous fait paroître les pechez communs plus legers ; comme si par un long usage on pouvoit à la fin prescrire contre la Loy de Dieu qui est éternelle. Comme si Dieu devoit élargir le chemin du Ciel pour s'accommoder au goust des vicieux ; Comme si ceux qui suivent les coutumes du monde avoient ce privilege de ne pouvoir jamais estre condamnez devant le Tribunal de Dieu.

Vn abysme appelle un autre abysme : Par le Ps. 42. mépris de la Predication, & à force d'en rendre inutiles les menaces, les remontrances, les exhortations & les promesses, un pecheur contracte une funeste insensibilité pour les actes de la misericorde qui s'occupe à luy procurer le salut. Alors *Dieu étend ses mains, mais il n'y a personne qui y prenne garde.* Un fidele voit dans les benedictions & dans les adversitez qui luy arrivent des marques de l'amour de son Dieu, qui l'obligent à s'attacher de plus en plus à luy. Mais un pecheur aveuglé par sa convoitise n'y découvre rien que d'ordinaire, & pour ainsi dire que de naturel. Il ne croit voir dans sa prosperité que les fruits de son industrie & de sa prudence, ou que l'effet d'un hazard heureux qui le met en possession des auantages de la terre, dont

les autres se trouvent privez. Dieu a beau le frapper de ses verges, comme par sa rebellion à la volonté de Dieu il tâche autant qu'il peut de se tirer de l'Empire de son Dieu, il tâche aussi de persuader à son cœur, que les maladies ne sont pas tant des châtimens du Ciel, que des suites de nôtre temperament; que le desordre de ses affaires vient uniquement des causes immediates qu'il en peut découvrir; que tout arrivant également au juste & au méchant, l'état de l'adversité n'a rien qui l'oblige de refléchir si exactement sur la conduite de sa vie. Rien n'est si ridicule, rien n'est si déplorable que cette erreur. Mais qu'y faire! Un homme *qui n'y prend pas garde* ne peut qu'il ne se trompe. Rien n'estoit plus mal concerté que la tentation du demon; rien n'estoit plus aisé que de resoudre les sophismes de cet ennemy: Cependant l'inadvertance d'Adam & de sa femme fait qu'ils sont surpris par ce piege. Tant il est veritable que l'attachement à nos convoitises nous réduit en cet état funeste, que
Esai. 6. l'Esprit de Dieu nous décrit ainsi, *En oyant ils orront & n'entendront point, en voyant ils verront & n'appercevront point.* Aprés cela, pecheurs, fiez-vous à vos convoitises & à vos passions; fiez-vous aux suggestions de la chair & du monde, qui vous tentent & qui vous font croire qu'aprés que vous aurez goûté à

longs traits les delices du peché, aprés que vous aurez joüy de tous les plaisirs de la vie, vous ferez aisément un retour sur vôtre conscience, pour la mettre avant la mort dans l'état où Dieu la demande, & pour penser serieusement à vostre salut.

Le dernier crime des pecheurs endurcis est qu'ils rebutent les inspirations & les corrections secrettes dont Dieu les favorise. *Ils rebutent tout le conseil de Dieu & n'ont point à gré qu'il les reprenne.* En effet Dieu voyant que le pecheur rejette sa parole, ses Ministres, ses benedictions, & ses châtimens, soûleve enfin contre luy sa propre conscience par de secrettes inspirations. Comme le pecheur, quelque corrompu qu'il soit, est encore capable de remors, Dieu en fait naistre dans son cœur; Il fait entrer ce cœur dans ses interests contre l'homme, il divise l'homme en luy-même, il le déchire, afin qu'il ne puisse posseder tranquillement les objets de sa passion. Il rétablit autant qu'il se peut dans le cœur de l'homme le tribunal de la Justice, que l'homme a renversé en s'abandonnant au peché: Il y éleve un Juge non suspect à l'homme, un Juge environné de mille remors & de ces frayeurs mortelles qui agitent un criminel. Il luy fait éprouver par avance quelques unes de ces peines éternelles que le peché doit faire tomber sur les condamnez.

Vous sçavez que tout cela se passe en vôtre cœur, vous qui n'avez pas encore tout-à-fait étouffé la voix de vôtre conscience. Cependant, ô mal-heureux & trop commun effet
Osée 7. de l'engagement dans le vice : *Efraïm est devenu comme une colombe qui n'a point de cœur.* Les pecheurs trouvent toutes ces loix de
Prover. 15. Dieu trop difficiles ; le chemin de la pieté leur paroist *comme une haye d'épines*, pour parler avec Salomon quand il décrit le paresseux. Ils trouvent les Commandemens du Seigneur fâcheux, gesnans & impossibles. Leur preoccupation va si loin qu'ils ne craignent plus le jugement éternel dont ils sont menacez ; ils ne pensent point à cette mort qui les talonne, & au milieu des lumieres dont ils sont environnez, ils ne peuvent plus discerner les objets qui leur sont presentez, bien loin d'en juger sainement. Leur volonté toute formée qu'elle est pour souhaiter les biens éternels, s'estant une fois laissée penetrer par les idées & par l'amour des choses qui flattent les sens, elle les prefere à tout ce que Dieu offre de plus grand à l'homme, & à tout ce qu'il luy suggere de plus avantageux pour son bien éternel.

Jusques icy, mes Freres, nous avons veu la bonté de Dieu rebutée, sa misericorde lassée, & sa patience poussée à bout par l'impieté des pecheurs ; mais nous voicy enfin arrivez à la redoutable vicissitude qui menace les impenitens. O hommes qui portez envie à ces pecheurs, que Dieu épargne, & que souvent même il semble engraisser par la prosperité, venez reconnoître icy que par leur faute & par leur endurcissement ils deviennent enfin les victimes de sa vengeance & de sa fureur. La benignité de Dieu a ses bornes, & on peut en trouver la fin : *Parce que j'ay crié & vous avez refusé d'oüir*, dit le Seigneur, *parce que j'ay étendu les mains, & il n'y a eu personne qui y prist garde, & que vous avez rebuté tout mon conseil, & que vous n'avez point eu à gré que je vous redarguasse, aussi me riray je de vôtre calamité, je me mocqueray quand vôtre effroy surviendra comme une ruine, & que vôtre calamité aviendra comme un tourbillon, quand la détresse & l'angoisse viendront sur vous.* C'est-là l'arrest du Ciel, selon lequel aux actes de la misericorde que Dieu exerce envers les pecheurs il fait infailliblement succeder l'horreur de ses jugemens, dont il frappe ceux qui s'opiniâtrent dans leur impenitence. Et certes l'experience nous apprend que Dieu les accable souvent au milieu de leur course, & qu'il les punit même dés cette vie : Quand ils disent paix, paix & toute seureté, c'est alors que leur calamité survient comme un tourbillon : La détresse & l'angoisse, l'horreur & l'effroy les saisissent de toutes parts. Vous en avez d'illustres exemples dans la ruïne de presque tout le genre humain par les eaux du deluge; dans les playes dont Dieu frappa l'Egypte ; dans la punition redoutable des Israëlites au desert ; & sur tout dans la destruction de Jerusalem que l'on vous décrivoit si vivement il y a peu de jours. Que si les pecheurs joüissent de prosperité dans leur vie , au moins on voit presque toûjours qu'à l'heure de la mort mille frayeurs & mille remors, que Dieu range en bataille contr'eux, viennent leur faire oublier toute cette fausse tranquillité qu'ils ont possedée : Leur cœur se réveillant sur le bord de l'abysme où leurs crimes les ont conduits , n'est plus sensible qu'aux agitations de la crainte , & aux horreurs du desespoir. Quelle calamité ! Quelle détresse ! Quel effroy ! voir son Juge & son Dieu irrité ! luy entendre déja prononcer l'arrest de la condamnation éternelle ! Car vous savez que le Sage a porté sa pensée jusqu'à ce jour , & à ce moment, auquel Dieu faisant traîner les ames criminelles devant son Tribunal , doit les envoyer au feu éternel avec ses paroles : *Allez maudits au feu éternel qui est preparé au diable & à ses Anges.* Calamité seule digne de porter ce nom , amas de frayeur & de maux qu'on ne peut exprimer , tout ce que l'on peut concevoir de douleurs & de tourmens , n'en faisant qu'une foible & imparfaite image.

Matth. 25.

Mais quelque horrible que ſoit cette calamité où tombent les impenitens, ce n'eſt pas là tout ce que le Sage y découvre de plus épouvantable. Un fidele ſe conſole dans ſes angoiſſes, parce que ſes maux luy viennent de la main de Dieu qui eſt ſon Pere ; parce que ſi Dieu eſt irrité il peut le fléchir par ſes prieres ; & enfin parce que Dieu ne rejette jamais la repentance d'aucun de ſes enfans. Mais un impenitent, celuy qui peche avec perſeverance, n'a point ces remedes pour adoucir la rigueur de ſes maux. Au contraire Dieu oppoſe aux trois degrez de l'impenitence que nous avons décrits, ces trois actes de ſa Juſtice inexorable. Premierement il ſe mocque de la calamité des pecheurs : En ſecond lieu il eſt ſourd à leurs prieres : Enfin il eſt inſenſible aux apparences de leur retour vers luy. *Ah*, dit-il par un Prophete, *je me rendray content de mes adverſaires* : Voicy un nouveau cry, mais un cry d'ennemy qui exerce la vengeance, aprés avoir ſuivy les voyes de douceur & recherché inutilement la paix. La haine a ſuccedé à la tendreſſe, & la fureur à la miſericorde : Dieu ne voit plus deſormais le pecheur comme un mal-heureux que ſa miſere a rendu l'objet des compaſſions de ſon Dieu, mais comme un ſcelerat dont la deſtruction luy doit donner de la joye, parce que la punition Eſaï.

du crime met ſa juſtice à couvert des reproches qu'on luy fait pendant qu'il laiſſe les pecheurs dans l'impunité. Non ſeulement Dieu voit d'un œil ſec la miſere des impenitens ; non ſeulement il ſe réjoüit de leur ruine, il rend encore inutiles les prieres d'hypocriſie, par leſquelles ils penſoient pouvoir détourner & fléchir ſon indignation. *De telle meſure que vous meſurerez on vous meſurera* ; c'eſt la loy que Dieu pratique envers eux : Ils n'ont eu aucun égard aux exhortations que Dieu leur faiſoit de ſe convertir ; Dieu refuſe à ſon tour d'écouter leurs prieres. Qui doute que ces mal-heureux qui perirent par les eaux du deluge, ceux qui furent embraſez par les flammes qui conſumerent Sodome, ceux qui furent couverts par les flots de la mer rouge, ceux qui furent égorgez par l'épée des Romains, ne criaſſent en quelque maniere à Dieu pour implorer ſes compaſſions ? Mais ils avoient abuſé des recherches de Dieu, de ſes benedictions, & de ſes châtimens. Seroit-il juſte, Pecheurs, que pour quelques ſentimens que vous avez de la peine qui vous accable, vous éprouvaſſiez la clemence de celuy dont vous avez mépriſé la juſtice, & dont les ſoins paternels n'ont pû vous porter à vous repentir ?

Matth.

Un pecheur s'imagine qu'il ſera toûjours le maiſtre de ſon cœur, pour ſe convertir avant que la calamité ſoit venuë à ſon comble ; & qu'ainſi du bord des Enfers il pourra porter dans le Ciel des regrets ſi forts de ſes crimes, que Dieu ſera appaiſé envers luy. Mais que cette illuſion eſt vaine & qu'elle eſt funeſte aux impenitens ! car aprés tout ce retour, dont ils conçoivent l'eſperance, eſt abſolument impoſſible, quand une fois Dieu a fait venir les flots débordez de ſes jugemens. La raiſon eſt que Dieu ne les fait jamais venir ſur les pecheurs, qu'ils n'ayent entierement épuiſé toute ſa patience, & alors il ne leur fait plus la grace de ſe repentir veritablement. Et dites-moy, je vous prie, vous qui vous croyez ſi fort les maiſtres de vôtre repentance ; quel motif pourroit alors vous porter à une converſion veritable ? Vous avez mépriſé la parole qui eſt la ſemence de la regeneration, *la ſemence de Dieu* ; vous avez profané les plus auguſtes Myſteres de la Religion en abuſant des Sacremens ; vous avez éteint l'Eſprit de Dieu qui agit ſur vos cœurs par ces moyens ſacrez ; vous avez ôté la voix & le ſentiment à vôtre conſcience. Non, non, Pecheurs, on ne recherche pas Dieu comme il faut quand on eſt frappé des coups de ſa juſte & derniere vengeance : car alors c'eſt la frayeur & non pas l'amour qui vous fait condamner des crimes que vous avez commis autant que vous avez cru pouvoir le faire

1. Jean 3.

impunément ; & comme alors il ne peut plus y avoir de veritable repentance, il n'y a plus aussi de vocation. Le tems de trouver Dieu propice est passé : *Car il le faut chercher pendant*
a. 55. *qu'il se trouve, il le faut invoquer pendant qu'il est prés. On me cherchera de grand matin*, c'est à dire, avec l'empressement & l'agitation que cause, non l'horreur du peché, mais la grandeur de la peine ; *Mais on ne me trouvera point.* Vous avez souhaité d'estre sans Dieu au monde, voila enfin vos desirs accomplis, vous voila exaucez, Dieu ne se trouve plus, vous l'avez perdu pour jamais. Funeste absence de Dieu, que tu coûtes de regrets aux impenitens ! Ils souffrent & Dieu ne les soulage pas ; Ils crient, & Dieu ne répond point à leurs clameurs ; Ils cherchent Dieu, & Dieu se tient caché, Dieu ne se trouve point pour les secourir. C'est cette triple reflexion qui les tourmente dans les maux qui leur arrivent sur la terre ; c'est elle qui déchire cruellement leurs ames à l'heure de la mort ; & c'est elle enfin qui doit redoubler la grandeur de leurs peines durant toute l'éternité.

Mes Freres, je ne say s'il y a dans le monde un Troupeau à qui l'on puisse faire une aussi juste & aussi generale application des choses que nous avons dites, qu'à vous qui m'écoûtez. En effet, à qui Dieu a-t-il plus accordé de graces qu'à nous ? Qui en a plus long-tems abusé que nous ? Et qui doit donc plus que nous apprehender la rigueur de ses jugemens ? Oüy, mes Freres, A qui Dieu a-t-il plus donné de témoignages de sa patience & de son amour ? On peut dire qu'il vous a rendus comme une ville placée sur le sommet d'une montagne. Il a recueilly au milieu de nous ce que la Reformation a de plus considerable dans ce Royaume qui a éclairé les voisins. Il a recueilly au milieu de nous tout ce qu'il y a de plus grand par la naissance, par l'esprit, par les arts, par les connoissances, & par les richesses. Si on ne peut vous dire en vous comparant avec le monde que vous estes beaucoup de sages, beaucoup de grans, beaucoup de forts, & beaucoup de riches, on vous le peut dire pourtant en vous comparant avec le reste des Eglises de ce Royaume, lesquelles ont beaucoup moins que vous de ces personnes illustres par la gloire de leur Sang, de leurs Employs, & de leurs Charges dans l'Etat. Vous avez esté élevez sous un Ministre pur & lumineux à l'égard de la doctrine : Et pour ce qui regarde les regles de la vie, n'est-il pas vray que divers Serviteurs de Dieu, que vous avez eus au milieu de vous, ont consumé & leur force & leurs jours à vous expliquer les maximes d'une morale si pure & si sainte, que la plus noire calomnie n'y peut rien censurer. Vous *regnez donc parmy l'abondance*, tandis que les autres gemissent dans la calamité ; Tandis que des Nations entieres éprouvent tout ce que la guerre attire de desolations & d'horreur, vous joüissez de toutes les douceurs de la paix. Tandis que les autres Chrétiens sont échauffez aprés leurs superstitions & leurs erreurs ; tandis qu'ils s'entr'accusent d'avoir corrompu les maximes de la morale du Sauveur par leur relâchement, & par leur complaisance pour les inclinations méchantes des pecheurs, vous joüissez de la verité toute pure, & vous connoissez exactement les regles incontestables de la sainteté. Tandis que les autres Eglises du Seigneur voyent leurs Sanctuaires démolis, & qu'ils sont contraints de chercher bien loin la pâture de vie, le vôtre subsiste sous les yeux & sous la protection de nôtre grand Monarque ; Vous venez icy en toute sûreté, & Dieu y fait abondamment pleuvoir sa Manne pour vous soûtenir. Quelle grace pouvez-vous concevoir que Dieu ne vous l'ait accordée ? Il a parlé, il a crié, il a tonné contre nos pechez, il nous a donné ses benedictions, il a fait sentir ses châtimens à quelques-uns de nous, il a diverses fois parlé à nos cœurs, il a touché nos consciences, il a fait couler des larmes de nos yeux, il nous a portez à des humiliations extraordinaires,

Mais tout cela ſans fruit : Car qui a plus long-tems & plus criminellement abuſé des graces de Dieu, que nous avons fait ?

Ah , Pecheurs, dites-moy , qu'elles graces de Dieu ont excité dans vôtre cœur le juſte reſſentiment que vous luy deviez ? Quel fruit luy avez-vous rendu pour ſes faveurs & pour ſes benedictions ? Sortez de la foule ; vous qui vous diſtinguez par une pieté exẽplaire ; vous qui eſtes des modeles de ſainteté ; vous qui condamnez la corruption du ſiecle & ſes maximes par vôtre conduite ; vous qui conſultez nuit & jour la Loy de Dieu pour vous y conformer ; vous qui vivez ſur la terre comme des étrangers ; vous qui eſtes continuellement occupez par les penſées de vôtre ſalut ; vous qui ſongez toûjours à éviter les pieges du Demon , à vous défaire de vos imperfections , & à ſurmonter vos defauts , vos paſſions & vos infirmitez ; vous qui avez un ſoin religieux de conſerver vôtre innocence & vôtre pureté ; vous enfin qui vivez dans un deſ-intereſſement ſi parfait , qu'il paroît que vos cœurs & vos affections ne ſont plus ſur la terre , mais dans le Ciel , où vous avez vôtre unique treſor. Helas ! ô ames ſaintes , vôtre petit nombre vous effraye , *le juſte eſt défailly* & il n'y a perſonne qui s'en apperçoive : *Dieu a crié , & on a refuſé d'oüir* , Dieu étend ſes mains , & il n'y a perſonne qui y prenne garde. J'avouë que vous faites tous profession de n'adorer aucun autre que Dieu : Mais pour ne vous convaincre pas icy, les uns d'avarice, ce qui est une idolâtrie de Mammon, les autres d'appetit de vengeance, ce qui est une idolâtrie de Molok, les autres de gourmandise & d'yvrognerie, ce qui est une idolâtrie de son ventre & de ses plus basses passions ; Dites-moy, je vous prie, adorez-vous comme il faut ce Dieu seul digne objet de vôtre culte religieux ? Où sont donc parmy vous ces retraites, ces meditations, & ce recueillement, sans quoy il est impossible de trouver Dieu & de l'adorer avec fruit ? Où est donc cette attention necessaire ? Où est ce tremblement ? Où est cette élevation de cœur ? Comment vous acquittez-vous de la priere, qui est le plus aisé des devoirs du Christianisme, & l'acte le plus solemnel de l'adoration? Vous ne servez point les images faites de main : Mais vous méprisez fierement vos freres, les images vivantes de Dieu, par un manque de charité qui vous fera perir au jour du jugement. Vous ne jurez point par le nom des creatures : Mais combien y en a-t il icy qui blasphément le sacré nom de Dieu pour orner leur langage, épargnant desormais au demon tous ces grands efforts qu'il faisoit pour porter les hommes à ce crime infernal ? Vous ne celebrez point de Festes à l'honneur des Saints ni des Anges. Mais vous ne ſanctifiez pas le jour que Dieu s'eſt reſervé. Il y en a beaucoup d'entre vous, qui malgré mille & mille remontrances ne le celebrent point du tout, comme s'ils avoient peur de rendre leurs hommages à Dieu & de s'inſtruire de ſa volonté, ou qu'ils craigniſſent d'écouter la voix & les cris des ſerviteurs de Dieu contre leurs pechez : Il y en a beaucoup qui n'obſervent le jour du repos qu'à demy, voulant goûter dans un même jour la parole de Dieu & le plaiſir des jeux, des ſpectacles & de la débauche du ſiécle ; à peu prés comme ils pretendent ſervir Dieu & le monde dans un même cœur. Inſenſez, eſt-ce-là profiter des lumieres que Dieu vous a accordées. Eſt-ce-là vous acquitter comme il faut des devoirs de la Religion envers le Seigneur ?

Puis que nous avons ſi peu de pieté à l'égard de Dieu, comment ſatisferions-nous aux preceptes de la morale qui regarde & nous & le prochain. Helas, on voit un eſprit de licence, de libertinage, & de rebellion qui regne dans le cœur de la jeuneſſe. On luy voit payer avec uſure la negligence que les parens ont euë pour ſon éducation. Les peres & les meres inſpirent d'abord à leurs enfans la fierté, le luxe, l'amour du plaiſir, la pareſſe, l'ambition, & la ſenſualité. Ces vices & ces paſſions brutales s'élevent auſſi-tôt contre ceux meſmes qui les ont fait naiſtre par leur criminelle indulgence : Ceux qui ont donné ces maximes à leurs familles par leurs diſcours & par leurs exemples en recueillent bien-tôt le fruit. Mais ce qui eſt bien pis, ces maximes ſervent d'ordinaire à leur faire abandonner la Religion du Seigneur par de funeſtes & de ſcandaleux changemens. Peut-on ſe taire de l'impureté de quelques-uns de vous. Il ne vient que trop d'exemples de cette eſpece à noſtre connoiſſance ; il n'en vient que trop à la connoiſſance du public, & c'eſt un mal que l'on ne guerit pas en le diſſimulant. O impudiques, qu'eſt devenuë la pudeur & la modeſtie, que l'Evangile vous recommande comme le ſceau de la continence & de la chaſteté ? Elle eſt perie dans vos paroles ; Elle eſt perie dans vos geſtes laſcifs, & dans vos actions affectées ; On en eſt venu à un tel point, que ſans ſe ſoucier de la declaration de l'Apoſtre, qui porte que *les laſcifs, les fornicateurs, & les adulteres n'heriteront point le Royaume des Cieux*, on traite ce crime d'une infirmité ſimple, & d'un peché leger. Pour ſatisfaire à ſes infames voluptez & n'y rencontrer point d'obſtacle, il faut avoir du bien à quelque prix que ce ſoit : Et n'eſt-ce pas ce qui fait que l'on ne diſtingue plus entre les moyens legitimes & les moyens injuſtes d'acquerir des richesses? La luxure est la source de tous les vices, parce qu'elle est la source de l'avarice, que saint Paul a qualifiée de ce nom : C'est elle en effet, qui en vous portant au luxe & à la prodigalité, vous engage aussi à la fourbe, à l'injustice, à l'usure & à l'oppression du pauvre & du miserable. Voicy un caractere assez general entre nous : On veut s'élever au dessus de la condition où Dieu nous a fait naistre ; On veut se distinguer par des ameublemens magnifiques, par une suite nombreuse, & par un équipage somptueux. Pour en venir à bout le plus court est de violer le droit & la justice ; le moindre pretexte suffit pour nous y engager. Un tître est assez bon, pourveu que devant les hommes on ne puisse nous reprendre ou nous faire punir par les Loix. En effet cõbien peu y en a-t-il parmy nous qui examinent & leurs biens, & leurs gains immenses, pour voir s'il ne s'y trouve point quelque interdit? Combien peu y en a-t il qui fassent quelque scrupule de posseder & de retenir ce qu'ils ont injustement acquis, quoy que sans restitution il soit impossible d'obtenir la remission de ses pechez? Vous qui acquerez injustement ; Vous qui possedez comme des avares ; Vous qui dépensez comme des débauchez, à quoy songéz-vous? O hommes vôtre superflu ne vous appartient pas ; il appartient aux pauvres, il appartient à la maiſon de Dieu, dont vous devez ſoûtenir les colonnes, qui ſont ébranlées en divers lieux. Et vous raviſſez à vôtre prochain ce qui luy appartenoit juſtement pour ſubvenir à ſa neceſſité ; vous luy retenez un bien qu'il devoit poſſeder ; vous diſſipez ſans retenuë un fonds que la bonté de Dieu luy avoit aſſigné.

O Chrétiens, ſi au moins vous avez encore quelque droit ſur ce nom ſacré en demeurant dans vôtre impenitence. Eſt-ce là le chemin du Ciel & de la gloire ? Eſt-ce ainſi que vous ſuivez les maximes & la morale du Sauveur ? Oüy, ſi le Seigneur a beſoin de Martyrs, vous voila tous preſts à luy en ſervir ! Vous vous y preparez, Mondains, vous qui apres avoir reconnu les illuſions du monde & du demon, ne laiſſez pas de tourner ſouvent les yeux du côté de l'Egypte d'où ſa main puiſſante vous a retirez. Oüy, le zele de Dieu vous tranſporte & vous brûle, vous qui ne prenez aucune part à la ſubſiſtance des troupeaux de ce grand Sauveur, qui non ſeulement en voyez la ruïne d'un œil ſec & indifferent, mais qui vous abandonnez à la joye avec les enfans du monde, & qui danſez ſur les cendres de Jeruſalem, bien loin de luy donner des ſoins, des larmes & des prieres dans ſa deſolation. JESUS CHRIST vous doit regarder comme ſes plus chers diſciples, vous qui ſcandaliſez ſon Egliſe par vos diviſions & par vos haines implacables, & vous qui par vos médiſances envenimées vous declarez les ennemis jurez de la paix & de la charité, qui eſt la livrée du Chriſtianiſme & ſon caractere naturel. Ah, mes freres, quel redoutable compte que celuy que nous aurons à rendre quelque jour ! Quelle calamité, quel effroy doivent fraper un jour ceux qui ont ainſi abuſé de la grandeur de la patience & de la longue attente du Seigneur ? Quelle épouventable ruïne que celle qui doit accabler ceux qui ont ſi long-tems rejetté les menaces & les remontrances des ſerviteurs de Dieu ? Vous qui eſtes plus avancez en âge, apprenez-nous un peu ſi ceux qui vous ont porté la parole avant nous, ont approuvé ces dereglemens de vôtre couduite, que nous déplorons aujourd'huy. Eſt-ce donc qu'ils n'ont pas crié aſſez haut contre ces deſordres ? Eſt-ce qu'ils vous ont celé la loy du Ciel, qui porte que *ceux qui commettent ces crimes ſont dignes de la mort ?* Ils repoſent dans leurs tombeaux, ces fideles Miniſtres, ils ſont recueillis dans le ſein du Pere Eternel ; & vous des-honorez mal-heureuſement leur memoire, comme s'ils avoient eſté capables de tolerer vos pechez & vos vices : Mais ils ſe releveront un jour pour accuſer vôtre rebellion, & pour vous reprocher le mépris que vous avez fait de leurs remontrances. Ah! faudra-t-il aussi que nous nous joignoins à ces illustres serviteurs de Dieu en la grande journée, pour dire au Seigneur en vous accusant, Nous sommes venus à eux l'Evangile à la main, pour leur montrer que l'amour du monde est inimité contre Dieu, nous leur avons préché la penitence & le renoncement à eux-mêmes: Mais ils ont trouvé ton Evangile trop vieux & ses maximes trop decreditées, pour y conformer leur vie & leur conduite: Qu'ils perissent donc pour eux, puis qu'ils l'ont voulu, mais au moins ne redemande pas leurs ames de nos mains?

Mais j'ay tort de representer le jugement de Dieu comme fort éloigné & comme reculé dans le tems à venir. Il s'avance à grand pas: Déja la patience de Dieu est irritée; déja sa misericorde fait place à sa fureur. Ne le voyez-vous pas qui éloigne sa protection de nous, & qui nous abandonne à la haine de nos aversaires? Déja une grande flamme est partie de devant sa face, & s'est prise au Camp d'Israël. Déja plusieurs en ont esté consumez à nos yeux. Nul ne s'est presenté à la bréche pour s'opposer au cours de la colere par une veritable conversion: Nul n'a pris l'encensoir pour arréter le mal par les efforts de sa pieté & de ses prieres. Ni l'Enfant, ni la Vierge, ni le Vieillard, n'ont n'ont eu ſoin de prevenir la deſolation par les témoignages de leur humilité & de leur repentance ; Si on a fait des vœux & des promeſſes de ſe convertir, tout cela n'a point eu d'effet. On a verſé quelques larmes, mais elles ont eſté ſteriles comme l'eau des torrens. On a jeûné, & on a prié ; mais nos humiliations ni nos prieres n'ont produit aucune reformation. Les benedictions n'ont ſervy qu'à nous corrompre ; les châtimens ſont demeurez ſans fruit ; Nous n'avons point renoncé à nos vices ; Nous n'avons fait aucun progrez dans la ſanctification. Nous ſommes toûjours inſenſibles à la froiſſure du peuple de Dieu. Il eſt tems, mes Freres, il eſt tems que la calamité, la grande calamité nous ſurprenne, & que nôtre effroy ſurvienne comme un tourbillon. Il eſt tems que Dieu racle de deſſus la terre une generation ſi perverſe & ſi corrõpuë. O pecheurs, que le demon a ſurpris en vous repreſentant l'infinité de la miſericorde, pour vous engager au peché, & pour vous y retenir juſques à preſent ; Sortez de vôtre illuſion ; Entrez dans l'Arche de la penitence, de peur que vous ne periſſiez par le deluge de la malediction & de la vengeance qui commence de ſe reveler : N'attendez pas que la porte ſe ferme ; Peut-eſtre ſommes nous les derniers Herauts de la miſericorde qui vous parlerons au Nom de l'Eternel. N'attendez pas l'heure de vôtre mort pour vous repentir : *Aujour-*

d'huy, aujourd'huy puisque vous oyez encore la voix du Seigneur n'endurcissez pas vôtre cœur. Ne rejettez pas nôtre Ministere : Ne rendez pas inutiles les remontrances que nous vous adressons en l'autorité du Seigneur. Mais enfin si vous avez resolu, comme il semble que vous l'ayiez fait, de demeurer opiniâtrement dans vos vices, sans que les jugemens de Dieu soient capables de vous effrayer : Nous déplorons vôtre aveuglement & vôtre condition funeste, en nous donnant bien de garde d'imiter vôtre impenitence, pour ne pas partager vos playes. Nous implorerons pourtant jusqu'à la fin les compassions du Seigneur pour vôtre délivrance ; Qu'il parle à vous, qu'il vous parle des Cieux comme à saint Paul, pour vous vaincre & pour vous convertir : Cependant écoûtez encore une fois la declaration que le Ciel vous fait par nôtre bouche : La misericorde de Dieu se lasse, sa patience se rebute, vôtre vie s'écoule, vôtre mort s'approche ; la gloire du Ciel se perd pour vous ; l'Arrest de vôtre condamnation se prononce ; l'Enfer s'ouvre déja, il est prest de vous engloûtir ; il n'y a qu'une repentance sincere, vive & profonde qui puisse vous garentir de tous ces malheurs : Pecheurs impenitens, c'est à vous d'y penser. O Dieu, fay nous grace & misericorde, & détourne de dessus nos têtes criminelles le poids redoutable de tes jugemens. Amen.

www.ingramcontent.com/pod-product-compliance
Lightning Source LLC
LaVergne TN
LVHW021638170726
843501LV00007B/2291